De la curva del camino

Alberto Caballero

De la curva del camino
Todos los Derechos de Edición Reservados
Segunda edición ©2019, Alberto Caballero
Foto de autor © 2017, Alejandro Zola Caballero
Pukiyari Editores

Primera edición: Del recodo del camino
© 2012, Alberto Caballero
ISBN: 978-1-46333-306-5
Library of Congress Copyright: TX-8-232-975 (2015)

ISBN-10: 1-63065-115-X
ISBN-13: 978-1-63065-115-2

PUKIYARI EDITORES
www.pukiyari.com

Para mis nietos Carmen María,
Viccenzo y Alejandro

Índice

Introducción

Tengo a bien presentar esta segunda edición de una de las primeras obras de Alberto Caballero. Titulada en su primera publicación del 2012, "Del recodo del camino", este nuevo volumen, corregido y aumentado, y con el título "De la curva del camino", nos lleva, mediante cincuenta viñetas y a través de una historia legada generacionalmente de abuelo a nietos, a entender los pasos y el trabajo que conlleva el cambio íntimo.

Como los que emprenden su ruta con la ilusión del primer paso y la meta final en mente, la labor de editora me hace siempre sentir conmovida por la responsabilidad de llevar el manuscrito entregado a buen puerto. Manejando la embarcación de la literatura, reconozco la importancia de cada palabra en un escrito y por ello les prometo que este pequeño libro trae un mensaje grande y al que se puede volver una y otra vez en tiempos de bonanza y en momentos de desesperación.

Espero disfruten el valor de cada uno de los temas propuestos aquí. Y recuerden: la vida es de quien sale al camino, lo enfrenta, aprende de él y lo conquista.

Muchas gracias a ustedes por leer "De la curva del camino" y a Alberto Caballero, quien como el abuelo decidió un día que debería contar una historia y tuvo confianza en mí para transmitirla.

Ani Palacios – Pukiyari Editores

Agradecimientos

Estoy seguro de que lo que he escrito en cada texto de esta obra no es totalmente original. De hecho, yo creo que lo he escuchado, leído o visto en momentos y épocas distintas y solo me he remitido a recordar lo aprendido. Por ello, agradezco a todos aquellos que me enseñaron, pero cuyos nombres lamento no poder recordar.

Quiero agradecer a Luis Camino y a Juan Tassano por el apoyo invaluable durante la primera edición. Del mismo modo mi reconocimiento a Sonia Moreno y a Francisco J. Rodríguez Buezo de Manzanedo por compartir la responsabilidad desinteresada de la revisión de esta segunda edición. Así mismo, a Ani Palacios, escritora y directora de Pukiyari Editores, por el esmero desplegado durante la edición de este trabajo.

Y mi agradecimiento especial a Yvonne, mi esposa, por su apoyo y paciencia.

Alberto Caballero

Parte I

Del buscador

1

Del lamento del abuelo

Desde otro ángulo, distante pero desde el que yace dispuesto a contemplar, el abuelo percibe cada detalle de aquello que le rodea: de la huerta, de la granja, de la casa, de nosotros.

Es que, al vernos crecer, sin aguzar los ojos, solo con vernos cada día, es cuando, sobre la base de los juegos, sonrisas y tristezas que observa, descubre lo que de él aprendieron sus hijos.

Consciente de la experiencia que le dieron los años y resumida en lo que cosechó —en lo que ganó y en lo que perdió, en lo que hizo y en lo que dejó de hacer— y en el recuerdo que tantos dejaron al partir, el abuelo decide, durante una noche de luna de cuarto creciente, hablarnos de nuestro viaje futuro, de la curva del camino y de los misterios de la vida y de la muerte, en tanto nos preparamos como en un ritual aprendido desde tiempos ancestrales.

Nos acomodamos —algunos de rodillas y otros sentados— sobre la tierra del campo alrededor de una fogata que nos alumbra con llama grácil y ondulante.

El abuelo habla y nosotros escuchamos.

Pero al tiempo que habla y observa los gestos y las miradas, unas atentas y otras esquivas, le llega el recuerdo de aquel tiempo remoto en que del mismo modo les habló también su abuelo. Entonces advierte y lamenta que a algunos de nosotros, tal vez a tres, a cinco o a siete, o tal vez a más de la mitad, también se nos irá toda una vida en aprender de aquello que está por contarnos.

2

Del ancla

El hombre intuye desde la cima —dice el abuelo—, que más allá del río le esperan aventuras misteriosas aunque frescas por vivir, caminos abruptos pero desafiantes por vencer y otros valles profundos y extensos por admirar, sin embargo se aferra al ancla que ha construido para subsistir, se resiste a escuchar a los amigos que han vuelto y se niega a fantasear con otro sol y con otra luna.

Aunque intuye y percibe.

Pero quieto en la cima no parte ni escapa ni intenta cruzar el río debido a la corriente vertiginosa del agua o tal vez porque teme lanzarse desde la cima.

Aferrado a su ancla vive el día tan igual como vivió el ayer y, de seguir aferrado, igual vivirá el mañana.

Lo sabe porque no sueña con el mañana ni recuerda con emoción el ayer, más bien siente cada día una presión extraña en el pecho, fuerte, contundente, agonizante.

Pero aun así no suelta el ancla ni intenta lanzarse al río.

3

Del buscador

Es que el hombre suele decir: "Puedo llevar mi ancla a todas partes". Pero no va más allá de lo que el ancla le permite.

Otras veces grita al vacío: "¡Soy feliz con mi ancla!". Pero añora tantas otras cosas.

También balbucea a escondidas: "Me gusta lo desconocido". Pero retrocede asustado.

Incluso se atreve a gritar: "Soy capaz de dejarlo". Pero apenas lo dice se echa a llorar.

Y por último murmura abatido: "Soy libre. Me quedo con mi ancla". Pero no sonríe a la vida ni aplaude su actitud.

Tal vez el hombre dice tantas veces estas cosas, más que para armarse de valor, para ocultar sus penas y temores, porque el que se arma de valor es aquel que se sobrepone, se descubre y sigue sus instintos.

Y al seguir sus instintos percibe que debe haber algo más de lo que ve y de lo que cree.

De modo que, aunque llore, se asuste, y sufra, el hombre que se arma de valor deja su ancla a un lado y busca.

Y si busca guiado por sus instintos, entonces se convierte en un buscador.

4

De una luz incipiente

En su búsqueda se va cruzando con infinidad de obstáculos, aunque el primero, pero trascendental, es aquel en el que el buscador descubre que se encuentra sumido en la oscuridad.

Si no lo descubriera no daría el primer paso, ni el segundo, y menos encontraría un camino ni sabría a dónde ir.

Pero si apenas vislumbrara una luz incipiente a lo lejos, o a través de una abertura diminuta, recién, tal vez, pudiera advertir que más allá hay más de lo que hay antes de esa abertura diminuta.

Pero el buscador no lo sabe, aunque podría percibirlo, entonces le llamaría primero la curiosidad, luego la necesidad y por último el instinto y, justo, en ese instante, comprendería como que más allá hay una curva.

Una curva en su camino.

El buscador, entonces, porque confía en su instinto, percibe que más allá hay más de lo que hay antes de esa abertura diminuta.

5

De los misterios

Pero si al ver una luz más allá de esa abertura, temeroso vuelve la vista y le da la espalda, continúa el abuelo, entonces el buscador dejaría de serlo porque conviviría con la oscuridad.

Como no quiere saber lo que hay más allá de esa abertura, el hombre suele vivir rodeado de misterios.

Algunos son conocidos solo por él, otros por su entorno, pero no por él, y otros por todos pero de los que nadie habla.

Los misterios se agitan por todas partes, pero el mayor es aquel que nadie conoce.

Hay misterios porque teme de aquellos que no quiere conocer y, sobre todo, porque teme conocerse, pero si el hombre conociera y reconociera cada cosa, cada hábito, cada actitud, cada acción, cada palabra y cada pose, entonces el temor por conocer cambiaría, con el tiempo, de un misterio a una realidad.

Así, el viaje empezaría, tal vez el de libertad, desde el momento en el que quisiera desentrañar un misterio

Pero como el hombre prefiere mantenerse en la oscuridad, apenas ve una luz incipiente más allá de una abertura diminuta vuelve la vista y le da la espalda.

Y así, en la oscuridad, el hombre camina sin un camino.

6

Del espejo

Aunque timorato al comienzo, el buscador se acerca al espejo y ahí, ante la imagen que observa, o se mira o se contempla.

Si se mira no ve más que el perfil de su reflejo, lo que los dedos tocan.

Pero si se contempla, llega al centro de su alma hasta descubrir ciertas verdades que yacen ocultas más allá de lo que los ojos ven y, de seguir absorto, aunque tal vez abatido ante los misterios que duelen, percibe reconfortado, aunque asombrado al mismo tiempo, que otras puertas se abren y otros caminos surgen.

Eso es lo que descubre, misterios que duelen pero que lo impulsan, porque llega hasta el contenido, hasta la sustancia, y como lo sabe, o lo intuye, el buscador se arma de valor para contemplarse.

Primero temeroso y luego de frente.

De no contemplarse no habría forma de descubrir misterio alguno y por tanto no se abriría una puerta ni surgiría un camino, de modo que el verdadero valor no se mide por el perfil que el hombre mira, sino por el contenido que contempla.

Y como se contempla de frente, el buscador se enaltece.

7

De las expectativas

El peor momento de un suceso es aquel que termina y el mejor el que lo precede, continuó el abuelo. Aunque tal vez el mejor momento es el que termina si sentimos satisfacción por lo hecho, pero al terminar ya no habría nada por hacer, tal como la muerte.

Morimos por cada vez que un suceso termina, pero luego nos levantamos, como si volviéramos a nacer, con expectativas y fuerzas renovadas, y entonces se nos iluminan los ojos y se nos enciende una llama en el pecho, contemplamos hacia adelante, en la dirección en que soñamos.

Y partimos otra vez.

Solemos encontrar un puerto desde donde partir y un barco al que abordar, levantar velas y llegar a otro puerto en donde no anclaremos sino que nos servirá como punto nuevo de partida.

Viajes de libertad.

De ilusiones.

De expectativas.

Uno detrás de otro.

Viajes sin fin.

Pero si dejáramos de llegar, y de partir, no volveríamos a nacer.

Y entonces, aunque viviéramos, lentamente moriríamos.

8

De los sueños

Tal vez esta es la razón, señala el abuelo, que el hombre mantiene con vida a sus hijos si les enseña a viajar tras un sueño.

Y si de ese modo es como los mantiene con vida, también les enseña a morir apenas alcanzan su sueño.

Si les enseña a nacer otra vez.

A nacer tras otro sueño.

Más aún, si el hombre sabe que el peor momento de un suceso es aquel que termina y el mejor el que lo precede, no solo enseña a sus hijos a morir al término de un sueño y a nacer tras otro, sino también a soñar un viaje nuevo.

Uno diferente.

Grandioso.

El de mayor perseverancia.

Aquel que el final se perciba lejos.

Y cerca al mismo tiempo.

9

De las cuatro opciones

Tras tomar un aliento, continúa el abuelo…

Dicen algunos que la vida del hombre se mezcla entre lo que quiere, lo que puede, lo que le conviene y lo que acepta.

Pero pareciera que el camino de cada una de estas cuatro opciones pudiera moverse entre el engaño y la verdad, dependiendo del mundo que le rodee.

Porque como no sabe que no hay más mentiroso que el mentiroso que cree en sus mentiras, ni más intolerante que el tolerante con el intolerante, ni más criminal que el criminal que bendice su crimen, el hombre se confunde y muchas veces se ve envuelto en el mundo que cree conocer y hasta percibe, siente y sueña, aun juzgando como verdad al engaño y como engaño a la verdad, y envuelto en ese mundo ambivalente no se anima a volver sobre sí ni se atreve a contemplar el mundo en el que ha crecido.

Esta es la razón, es posible, por la cual el hombre termine aceptando lo que otros quieren, pueden o les conviene, entonces muere, de ese modo, a la mitad del camino, convencido de que hace lo que quiere, lo que puede o lo que le conviene.

Parte II

Del aprendiz

10

Del aprendiz

Así que, después de muchas tentativas, por fin el buscador toma una barca y parte.

Y da comienzo a su viaje.

Al de ida y vuelta.

Entonces es cuando se convierte en un aprendiz.

No antes.

Pero sucede, ni bien levanta anclas y se adentra al mar, que el aprendiz pierde el rumbo, pero levanta la mirada porque confía en las estrellas.

Si se adentra al mar es porque sabe a dónde ir. Pero, aunque mantiene el control del timón, con facilidad suele cambiar de rumbo, o porque se distrae, o porque le vence el sueño, o porque se hastía del viaje.

En otras ocasiones pierde el rumbo porque las borrascas de la noche no lo dejan ver las estrellas o porque el sol lo deslumbra durante el día.

Con frecuencia su barca se mece solitaria en la inmensidad del océano y, de pronto, cuando el aprendiz se encuentra sumergido en la soledad casi asfixiante, otras barcas lo acompañan y otras manos lo saludan.

Y aun así suele perder el rumbo.

Pero solo puede recobrarlo en la oscuridad tranquila de la noche a través de la luz de las estrellas.

11

Del cambio de rumbo

Sin embargo, cuando al aprendiz le llega el hastío porque no observa nada nuevo en el horizonte.

Cuando el día transcurre tal como transcurrió el ayer, y peor, cuando sabe que igual transcurrirá el mañana.

Cuando los sueños se diluyen y los anhelos se apartan.

Cuando ya no surge un camino ni se vislumbra misterio alguno.

Cuando el aprendiz no siente interés por conocer a otros hombres y otras experiencias, tal vez porque añora el viaje anterior.

O porque fue herido.

O porque ya no encuentra entusiasmo alguno por la vida.

En resumen, cuando vegeta, más vale que el aprendiz cambie de rumbo no vaya a ser que termine muriendo.

12

Del equilibrio y la humildad

Es frecuente observar, durante el viaje, que el viento y las olas balancean la barca para un lado y para el otro, en un movimiento rítmico, cadencioso, incansable; y el aprendiz se deleita, despreocupado, del mar, de las nubes, del cielo y del sol.

Sobre todo del sol cuando aparece en el levante y cuando se guarda en el poniente.

Le impresionan los matices de colores que en esos momentos refleja el horizonte: índigos, rojizos, ambarinos.

Pero cuando en altamar el viento y las olas vienen con mayor fuerza, porque una tormenta se avecina, el aprendiz corre hacia la cabina de mando, se aferra del timón, corrige la trayectoria y observa.

Si las fuerzas de la naturaleza inclinan la barca hacia la derecha, el aprendiz corrige la trayectoria para compensar a la izquierda, y si las fuerzas la inclinan hacia la izquierda, corrige para compensar a la derecha.

Pero si aun así las fuerzas se tornan incontrolables, el aprendiz arría las velas.

Si la barca vuelca, no importa si hacia un lado o hacia el otro, entonces el aprendiz morirá, lo sabe.

Y porque lo sabe, porque valora ambas situaciones, debe hacer lo imposible por mantener la barca en equilibrio.

13

Del dominio de nuestra barca

Suele ocurrir, cuando la barca se encuentra en alta mar, que las olas, con el viento, la mecen de un lado hacia el otro.

Las olas vienen una tras otra y el aprendiz no ve la forma de evitar que sigan llegando.

Al comienzo, el aprendiz maldice y grita a las olas y al viento porque las cosas y las herramientas que antes de zarpar hubo llevado a la barca se deslizan de un lado hacia el otro, desfilan y saltan sobre él y lo golpean, lo hacen trastabillar y le obligan a soltar el timón; pero aun así las olas, sin descanso, siguen llegando una tras otra.

El aprendiz, agotado de resistir y de maldecir, advierte, por fin, que no posee dominio alguno sobre las olas ni sobre el viento, así que, para poder avanzar, amarra las cosas, asegura las herramientas y vuelve al timón.

Amarradas las cosas y aseguradas las

herramientas, el aprendiz sabe ahora que si no ostenta ningún dominio sobre las olas ni sobre el viento, sí lo tiene sobre su barca.

14

De los rápidos

Puede suceder, también, al avanzar por el río, que el aprendiz se encuentre con los rápidos.

Muchas veces los ve aparecer desde lejos, como burbujas diminutas o como vapores sutiles; pero otras veces, desprevenido, los advierte recién al encontrarse en medio de ellos.

Si desde lejos el aprendiz no advirtiera ni burbujas ni algo de vapor y fuera sorprendido en medio de los rápidos, entonces de hecho que perdería las cosas, las herramientas y la barca.

Y tal vez hasta la vida.

Pero cuando logra distinguirlos desde lejos, no les da la espalda ni trata de huir, sino que el aprendiz, porque sabe que no le queda otra opción, se posesiona de su barca, distribuye adecuadamente el peso, revisa las amarras y afirma las herramientas que lleva a bordo, orienta la barca en el mejor ángulo, elude rocas y otros peñascos que lo amenazan y avanza decidido.

Los rápidos son solo preámbulos de cascadas y cataratas, y el buscador, porque es un aprendiz, lo sabe, y sabe también que más allá de turbulencias y caídas el agua se verá mansa y cristalina.

15

Del precavido

Todos los días, si tiene fe, al despertar temprano, el aprendiz agradece a Dios, se levanta ágil, le sonríe al mar, a la mañana y al sol brillante que se eleva en el oriente, corre a revisar si sus cosas y las herramientas que lleva a bordo se mantienen seguras y, por último, respira profundo antes de ponerse a trabajar.

Como se ha propuesto arreglar el mástil que la noche anterior fuertes vientos dañaran, el aprendiz se ha levantado temprano decidido a repararlo antes de que el sol se oculte en occidente, no vaya a ser que la tormenta que se avecina lo tome por sorpresa, termine de dañar al mástil, lo rompa, y en su caída el mástil destruya la barca.

El aprendiz que tiene fe es precavido.

16

Del encuentro

La danza del amor es mágica y bella, sigue el abuelo sonriente, y tal vez para muchos, misteriosa.

A mitad del viaje el aprendiz percibe como si su esfuerzo dejara de tener sentido, por la inmensa soledad; contempla el mar que ha ido dejando, luego el horizonte alejado del sol y, por último, vuelve la vista melancólica hacia su entorno hasta divisar otras barcas.

Una de ellas se acerca hasta rozar la suya, gira varias veces y una mujer, al frente del timón, le sonríe y le saluda.

La barca del aprendiz también gira, aunque más veces que la otra.

Luego giran juntas.

Y tras responderle del mismo modo, el aprendiz invita a la mujer a subir a su nave.

La mujer accede, amarra su barca en la popa de la otra y ambos continúan el viaje en la de él.

Viaje de sosiego, de ilusiones, de esperanzas.

17

De la danza

El aprendiz, que mantiene el dominio de su nave, avanza sin permitir que su compañera lo reemplace. Firme y obstinado, porque la ama, la va alejando del timón.

Un tanto más allá, cuando las tormentas, los vientos y las olas los mecen y les hacen perder el rumbo, el aprendiz espera la oscuridad tranquila de la noche para observar las estrellas al tiempo que la mujer lo contempla inquieta.

Una noche, ella, que extraña gobernar su nave, tras observar también las estrellas, regresa a su barca, se aferra del timón y avanza hasta alinearse con la del aprendiz.

Es posible que al verse incomprendida la danza del amor pierda su misterio, su belleza y su magia.

Pero no ocurre así.

El aprendiz, al ser un buscador, comprende. Ambos entonces avanzan, aunque cada uno en su barca, una al lado de la otra, y conforme avanzan gira una y gira la otra.

Giran juntas.

Como si danzaran al compás de una melodía divina.

Así, el viaje rescata su belleza y su magia.

Y mantiene su misterio.

18

Del embaucador

De uno u otro modo, durante el viaje, el aprendiz se cruza con un embaucador que se apoya en su habilidad de persuasión. El embaucador insiste, con la misma actitud para confundir, cada vez que se encuentra con un aprendiz.

Cree convencer, con sus halagos y adulaciones, que el mejor camino es el del sentido contrario, el que lleva al lado oscuro, en la dirección en la que él camina.

Es que suele ocurrir, cuando se encuentran, que el aprendiz, seducido por el embaucador, cae en su inocencia, se siente reconfortado, y hasta fascinado incluso de sí mismo, por lo que sigue al embaucador, pero llegado el momento, porque es un buscador, piensa, medita, vuelve la vista hacia las estrellas y con nuevas luces contempla mejor las cosas.

Solo así entra en razón.

Si fue embaucado, lo acepta como lección nueva de aprendizaje; entonces en silencio regresa por el camino que había dejado antes, recupera lo desandado y avanza aunque sin olvidar.

Cuando otro embaucador lo detiene y le sonríe halagándolo, adulándolo, y llamándolo con diminutivos y palabras que lo desarman, el aprendiz sospecha de esas intenciones porque recuerda al embaucador anterior.

De modo que tras escucharlo, pero sin responder, y sin dudar, avanza un paso, luego otro, y otro más, hasta dejar atrás al hombre que viaja en sentido contrario.

19

Del otro embaucador

Pero existe otro embaucador, diferente, abatido, irritado, amenazador, y por tanto peligroso.

Cuando se encuentra con un aprendiz, este embaucador, por su estado, no lo alaba ni lo adula ni lo llama con diminutivos.

No puede.

Sino todo lo contrario.

Tal vez por eso lleva un testigo, similar al que llevan los atletas en carreras de postas, aunque no es un objeto, y suele ensartarlo en un anzuelo, aunque tampoco es carnada.

Es un testigo bastante cargado.

Cargado desde el lado oscuro.

De modo que cuando se encuentra con un aprendiz, el embaucador lo llama sin diminutivos, lo invita sin alabanzas e intenta entregarle el testigo sin adular.

De aceptarlo, el aprendiz sería embaucado

porque recibiría contagiado por cómo el otro da, aunque nunca de una mano a la otra.

Y si recibe cada vez que el otro quiere dar, por cada vez el aprendiz muere.

20

De las caídas

Muchas veces el aprendiz cae porque se tropieza con una piedra, se cruza con una rama o se resbala en un camino escabroso.

Pero por cada vez que cae se vuelve a levantar.

No desmaya ni maldice sino que tras aguzar sus sentidos revisa, analiza, estudia y toma nota porque sabe que en su camino encontrará otras piedras, otras ramas y otras sendas escabrosas.

Ese es el modo de evitarlos cuando los encuentre.

Reconociéndolos.

Y si aun así cae otra, y otra vez, no se da por vencido ni flaquea.

Porque tras cada vez se vuelve a levantar.

Así, el aprendiz no culpa a nadie de su caída sino que agradece el percance como oportunidad nueva de aprendizaje.

Y porque no desmaya ni maldice a la piedra ni a la rama ni a la senda escabrosa, ni culpa a nadie de su caída, el aprendiz no se detiene ni pierde tiempo en banalidades sino que tras cada vez camina más ágil por su camino.

De detenerse dejaría de buscar.

En consecuencia de avanzar.

Y entonces moriría.

Moriría como aprendiz.

21

Del mayor de los obstáculos

Desde el comienzo hasta el final, al aprendiz se le van presentando muchos obstáculos, pero uno a uno los va superando.

Cruza ríos, abre caminos, escala montañas y desciende valles.

Aunque de otros desiste o pospone, todos estos obstáculos los va superando con firmeza porque prevé, calcula, intuye, busca y decide.

Pero conforme avanza, el aprendiz se va cruzando con otros que han caminado más que él, que han cruzado más ríos, que han abierto más caminos, que han escalado más montañas o que han descendido más valles, pero no los contempla con admiración ni respeto sino con mirada fugaz.

Con amargura.

Este es uno de los mayores obstáculos que el aprendiz desiste o pospone porque no sabe que se puede avanzar más con solo cruzar un río, con solo abrir un camino, con solo escalar una montaña, o con solo descender un valle.

22

Del mismo viaje

A pesar de todo lo aprendido, suele ocurrir que el aprendiz insiste en no llegar, o en regresar para iniciar otra vez el mismo viaje.

Se resiste a meditar y no admite que todo lo que empieza, termina, como que todo lo que nace, muere.

Entonces, terco, rechaza el privilegio de avanzar y de seguir viviendo.

De modo que al llegar, que a su vez es el punto de partida de un viaje nuevo, renovado, extraordinario y fantástico, el aprendiz se desploma.

Pero de rabia por haber llegado.

Así, abre una herida.

Más profunda cada vez.

Porque el camino que añora late ahora para otro aprendiz que lo acaba de tomar.

Es que si el aprendiz comenzara el mismo

viaje, o dejara de llegar, no se emanciparía.
Y moriría a la mitad de su camino.

23

Del distraído

El viaje puede ser lento, aunque el aprendiz no logra advertirlo tal vez ni en el momento de su muerte, y conforme avanza manteniendo el rumbo, o aun perdiéndolo, percibe e interpreta lo que ve y escucha, incluso cree muchas cosas que, aunque no hayan sucedido ni visto ni escuchado, tan solo pudo haber imaginado o heredado.

Así, refuerza pensamientos y hábitos que cree nuevos pero que lo confunden durante el viaje porque lo inducen a comprar prendas y baratijas de otras naves.

Con la barca más pesada, rema sin descanso como si remar fuera más importante que tomar el rumbo correcto, toda vez que percibe en las prendas y baratijas al mundo revelándose ante sus pies.

Al dejar de buscar más allá de lo que sus

ojos ven, más allá de lo que sus oídos escuchan, incluso más allá de lo que cree, el aprendiz abandona su viaje original, el de buscar, el de indagar, el de descubrir, entonces se pierde en el océano porque el rumbo que toma no lo lleva a ninguna parte.

24

Del reencuentro

Si tras avanzar un trecho largo ya no encuentra nada nuevo, es posible que el aprendiz se anime a suspender el viaje, dejar por un momento el mar, el río, o el camino, rescatar el mismo espejo que lo hubo usado antes de la partida primigenia, y ahí, como desnudo, ante la imagen que observe, optaría por mirarse o contemplarse.

Si en esta etapa el aprendiz mirase solo el perfil de su reflejo, sin contemplar el contenido, denotaría que de nada le hubo servido lo avanzado; pero si se contemplara, tal vez pudiera descubrir que en vez de caminar hacia adelante caminaba en sentido contrario, quizás en el sentido en que un día lejano un embaucador le señalara.

O tal vez advirtiera que iba maldiciendo a las olas y al viento sin aceptar que ha descuidado las amarras que aseguraban las cosas y las herramientas que todavía conserva en la barca.

O acaso se daría cuenta de que se ha desviado de rumbo porque ha perdido el interés o porque ya no encuentra nada con valor ni significado.

O tal vez descubriera que debido a otra ancla que hubo construido, se ha estancado encontrándose en el mar, en el río, o en su camino.

O quizás notara que viene haciendo lo que otros quieren, pueden o les conviene.

O acaso observara en su mirada una llena de amargura.

Así, y solo así, felizmente, el aprendiz se reencontraría consigo mismo, se le iluminarían los ojos y se le encendería una llama en el pecho, de modo que volvería al mar, al río, o a su camino, convencido de haber contemplado más de lo que sus ojos hubieron visto.

Parte III

Del discípulo

25

Del discípulo

Entonces tras un impulso nuevo, el viaje se renueva, veloz, raudo, casi vertiginoso, porque quien viaja es algo más que un buscador y un aprendiz.

Es un discípulo.

El discípulo oye más de lo que sus oídos escuchan, contempla más de lo que sus ojos ven, incluso busca más allá de lo que cree.

Y porque busca más allá de lo que escucha, de lo que ve y de lo que cree, el discípulo va más allá del lugar al que otro hombre ha llegado porque sabe que solo ahí encontrará cosas nuevas, frescas y diferentes de las que escuchó, vio, e incluso creyó.

No se distrae en comprar prendas ni otras baratijas, sino que, sin dudarlo, y porque se opuso a continuar con un ancla, el discípulo se lanza al río, o cruza el mar, o encuentra un camino, apenas oye algo más de lo que sus oídos escuchan, apenas contempla algo más de lo que sus ojos ven, y apenas vislumbra algo más de lo que cree.

26

Del movimiento hacia adelante

L legado el momento, continúa el abuelo, el discípulo toma un respiro, sube a la cima y desde esa altura se pone a observar las estrellas, la luna, el sol y la arquitectura toda del universo.

En su observación, algo limitada, aunque sensata, advierte que si la tierra rota alrededor del sol, trescientas sesenta y cinco veces al año, cada rotación es, por la distancia de un día, diferente de la anterior.

Por la traslación.

Por el movimiento siempre hacia adelante.

Nunca hacia atrás.

Y desde la cima, inquieto, baja la mirada y contempla su camino.

"Como los viajes", dice. "Siempre hacia adelante. Nunca hacia atrás".

27

De los cambios y los ciclos

Sin dejar de observar las estrellas, el discípulo aguza sus sentidos y descubre otras tantas cosas.

Todo se mueve, dice, nada permanece quieto. Todo cambia. Solemos llamar *cambio* al *ciclo* porque creemos que el primero se da como consecuencia del segundo sin caer en la cuenta de que el ciclo es la manifestación del cambio, porque éste es su origen.

Si no hubiera cambios, no hubiera ciclos.

Por los cambios es que la vida renace y perdura, aunque su manifestación se produce a través de los ciclos.

Y hay cambios porque hay movimiento, y porque hay cambios, los opuestos se van turnando en una secuencia inevitable, pendular, como postas.

En ciclos.

La noche comienza al terminar el día.

Y el día al terminar la noche.

Uno detrás del otro.

Ciclos sin fin.

Inquieto otra vez, el discípulo contempla su camino:

Alegrías y tristezas, amores y desamores.

Maravilla de los viajes y de la vida perdurable.

28

De sentir la vida

Y le llega un mensaje extraño, misterioso, instintivo, aunque logra entender.

Absorto, se toca el pulso y siente el bombeo del corazón que lleva vida a cada parte del cuerpo, a cada órgano, a cada músculo, a cada hueso y a cada tejido.

No hay una célula que pueda ser olvidada, razona el discípulo, caso contrario ésta se degradaría, se corrompería y moriría.

Entonces regresa la vista hacia las estrellas y contempla más allá de lo que sus ojos ven.

Así como siento la vida a través del latido porque el corazón aspira e impele, una y otra vez, del mismo modo, continúa el discípulo, el ciclo no es otra cosa que el reflejo del latido del universo que proviene tal vez desde su mismo centro, desde un corazón inalcanzable, incomprensible, hermético, pero sin duda existente.

Y si el universo late es porque inhala y exhala vida.

29

De los principios

Así, manteniendo la vista hacia el firmamento, el discípulo descubre que el movimiento, por el que la vida renace y perdura, se debe a la manifestación tangible del Principio Creador, entonces, deduce, que a todo principio, abstracto e intangible por naturaleza, también debe corresponderle un tipo de manifestación tangible.

O de otro modo, partiendo de dos negaciones, llega a la misma deducción: todo principio dejaría de tener sentido si no se manifestara en un hecho concreto.

Y desde la cima, asombrado esta vez, vuelve la mirada y contempla el mundo.

Así, dice, el amor dejaría de tener sentido en las parejas si no se expresaran con cariño, la justicia dejaría de tener sentido si no se manifestara en un veredicto justo, la libertad dejaría de tener sentido en donde no hubiera modo de expresarse libremente, y del mismo modo también dejaría de tener sentido la bondad si no pudiera manifestarse en la acción, lo bello en el arte, la tolerancia en el respeto y la verdad en todo lo que existe.

Y al volver la vista de nuevo hacia las estrellas, la luna, el sol y hacia la arquitectura toda del universo, concluye fascinado: por el mismo motivo, el Principio Creador dejaría de tener sentido si no se manifestara en su creación.

30

Del mayor de los misterios

Y si se cumple que todo principio se manifiesta en algo concreto, ese proceso, concluye el discípulo, el de transformar en manifiesto lo que era inmanifiesto, es entonces una ley.

La del misterio de la creación y la vida.

Y tal parece, dice el discípulo tras lograr una mirada retrospectiva, todo lo que fue hecho por el hombre, que es casi todo lo que usamos, vemos, escuchamos, tocamos, olemos y degustamos, no es otra cosa que la manifestación de lo que en un tiempo pretérito se encontraba en la mente de alguien, y luego de otro, y de otros, pues nada de eso existía antes, excepto, claro, el universo y la naturaleza, hasta que fue hecho o creado para manifestarse lo que el hombre en algún momento ideó, o se imaginó; primero algo simple, como una rueda, luego una carreta, un motor, un tren, un carro, un avión y, por último, una nave espacial. Primero algo primigenio y luego algo más sofisticado, y otro más aún; y sobre la base de los primeros inventos o descubrimientos, y de los subsiguientes, como efectos multiplicadores, la creación por el hombre se va proyectando hacia un abanico de posibilidades casi ilimitadas.

Y si el hombre es capaz de transformar lo inmanifiesto en manifiesto, entonces ¿quién es? ¿Cuál es su destino? ¿Será tal vez el de co-creador? ¿Dejaría el hombre de tener sentido si dejara de crear?

Y como sabe que ese es el mayor de los misterios, el discípulo continúa caminando por su camino.

31

De los límites

No contento aun, estudia y revisa libros, escudriña el espacio, las estrellas y el universo entero.

Profundiza.

Descubre, entonces, que el origen de las estaciones recae en el ángulo de 23.5 grados que forma el eje de la tierra con la perpendicular del plano de la eclíptica.

¿Por qué no más de 23.5 grados?, ¿O menos? ¿Por qué esos límites?, se pregunta.

¿Es posible que la tierra responda a ciertas características de ubicación, de orientación y de movimiento tan especiales que solo así es capaz de garantizar la vida sobre ella?

¿Si el sol sobrepasara los límites establecidos por la mano de la providencia, desequilibraría las fuerzas existentes y por tanto llevaría a nuestro planeta hacia niveles de caos y de muerte?

Es posible, continúa especulando, que esos límites se encuentren estrechamente ligados con el equilibrio y la armonía de nuestro mundo.

Así como nuestro mundo define sus límites para garantizar la vida; del mismo modo, concluye, por cuestiones de supervivencia, o protección, no solo los animales sino que cada ser humano, cada familia, cada institución, cada pueblo y hasta cada país, defiende un espacio vital circunscrito dentro de ciertos límites o barreras, físicas o psicológicas.

De modo que si no cruzamos esos límites, grita al mundo, jamás fallaremos.

Límites de equilibrio y armonía.

De paz y de vida eterna.

Con este conocimiento nuevo, el discípulo, entusiasmado ahora, continúa por su camino.

Parte IV

Del maestro

32

Del maestro

Pero tras detenerse antes de una curva en el camino, sentarse sobre una piedra y apoyar los codos sobre las piernas y el rostro sobre las manos, el discípulo recuerda lo que hubo dejado atrás: llanuras extensas, montes escabrosos, caminos serpenteados, ríos caudalosos y mares profundos. Luego vuelve la mirada hacia el cosmos y contempla maravillado las estrellas.

La naturaleza es grandiosa y el universo inconmensurable, aun así, piensa, el hombre transforma lo inmanifiesto en manifiesto.

Poder inagotable.

Descubre, enseña, aprende, hace y crea.

Compone, construye y refleja tantas cosas nuevas y sorprendentes porque el hombre no deja de soñar.

No puede.

No puede parar.

Ni de viajar a otras dimensiones en busca de ideas ignotas.

Así que el discípulo toma otro aliento y avanza, deja atrás la curva y sigue su camino.

Y al seguir su camino, se transforma en un maestro.

33

De la verdad

En su avance, el maestro se detiene ante un crimen, pero no se asombra por la víctima abandonada sobre el piso sino por el homicida desconocido.

Si la policía toma nota de lo que encuentra, piensa el maestro, de todo aquello que ha dejado el crimen, de las huellas e indicios, de la parte visible y conocida, de la víctima, es para descubrir el misterio del crimen.

Al homicida y el motivo.

A la otra mitad de la verdad.

Si se conocieran ambas mitades del crimen, a la víctima y al agresor, se conocería la verdad completa y entonces ya no habría misterio que descubrir porque el caso ya se habría resuelto.

Así, lo conocido y lo desconocido, lo visible y lo oculto, la realidad y el misterio, razona el maestro, no son más que las dos partes de la verdad de todas las cosas.

Hay muchas verdades, pero solo una acerca de algo, solo una acerca de un crimen, solo una acerca de un robo, solo una acerca de un hecho.

Y solo una acerca de la creación del universo.

34

De los escritores

De modo que la verdad se encuentra más allá de lo que los oídos escuchan, más allá de lo que los ojos ven y más allá de lo que se cree, porque la verdad se encuentra detrás de toda realidad.

¿Y cómo llegamos a la verdad?, se pregunta el maestro. ¿Cómo avanzamos desde lo manifiesto hasta la causa primigenia, tal como el policía que desde la víctima descubre al criminal?

Del mismo modo, razona, siguiendo la pista, aunque antes habría que decidir.

Decidir seguirla.

Soltar el ancla y partir.

Y observar.

Así como los escritores.

Entonces el maestro sigue su camino porque ahora sabe que los que escribieron los libros fueron los que observaron el mundo.

35

De los viajes de libertad

Esta vez se detiene ante un pescador. El pescador toma una caña de pescar, coloca una carnada en el anzuelo y lanza el hilo. Mientras espera atento, jala y suelta una y otra vez.

Al picar el pez no implicará que el proceso de pescar habrá terminado ni tampoco será necesario mantener la caña inerte, piensa el maestro, sino que ese será el punto de inflexión en el que el pescador sabrá que debe jalar.

De modo que el pescador jala con habilidad para regresar el hilo con el pez inserto en el anzuelo.

De no jalar con la intención de asir el pez, continúa el maestro, se percibirá ese instante como un evento tonto e inútil.

Tras jalar, el pescador toma el pez y retira el anzuelo, y con el anzuelo en la mano, y el pez como ganancia, aunque no siempre la ganancia es un pez, no solo habrá terminado el proceso de pescar, viaje figurado, sino que en su propia mano el pescador habrá unido el punto de llegada con el de partida.

Como los viajes de libertad.

Porque al contemplarse en el espejo, el hombre decide viajar. Y va. Porque es libre de ir.

Y llega.

Y cuando entiende que ya nada le queda por hacer ahí, tal vez por encontrarse satisfecho, como el pescador cuando el pez pica el anzuelo, vuelve.

Porque también es libre de volver.

Y el viaje se habrá completado.

Viajes de ida y vuelta.

De ilusiones, de esperanzas.

De libertad y de vida.

36

De las ansias de vivir

Al caminar por su camino, el maestro se cruza con una variedad de comensales, pero se fija solo en dos.

Uno de ellos, porque siente hambre, disfruta del plato que le han servido, pero el otro, tal vez apático, o inapetente, hace a un lado todo lo que le es presentado.

Si solo aquellos que sienten hambre pueden disfrutar de lo que comen, del mismo modo, reflexiona el maestro al contemplar su entorno, solo aquellos que sienten ansias de vivir pueden disfrutar de la vida.

Así, el maestro da gracias por haber encontrado su camino y a la vida por haberlo puesto ahí.

"Es que el hombre con ansias de vivir", dice el maestro algo trajinado, "es aquel que tras contemplarse en el espejo y al ver cómo se abre una puerta y cómo surge un camino, siente el deseo intenso de cruzar esa puerta y de caminar por ese camino".

37

De los corruptos

En su camino, el maestro contempla a los corruptos.

Si corrupción es la acción y el efecto de corromper o corromperse, piensa sin dejar de observarlos, entonces corrupto es aquel que corrompe o se deja corromper. Ambos participantes, el activo y el pasivo, son tan corruptos como el que ofrece y el que acepta el objeto de la corrupción.

No les importa cómo sus acciones afectan al mundo.

Si un hombre muere, el flujo sanguíneo se estanca y entonces la carne se contamina, se pudre y se corrompe. La carne, sana en su esencia, se altera para terminar en otra putrefacta y corrupta.

Y como el acto de corromper implica alterar la esencia de algo, contaminarla o deformarla, entonces el hombre, si se corrompe sin haber muerto, ya no avanzaría sino que se contaminaría, se estancaría y por tanto se detendría.

Y dejaría de buscar.

38

De los disfraces

Tras continuar, el maestro se encuentra con actores de teatro.

A raíz del primer pecado, reflexiona el maestro al verlos cambiarse para el siguiente acto, Adán y Eva tuvieron miedo, o tal vez vergüenza, porque se vieron desnudos. Se escondieron y entonces Jehová, Dios, hizo al hombre y a su mujer túnicas de pieles y los vistió.

Las Sagradas Escrituras no dejan ninguna duda acerca del motivo de los primeros ropajes que vistió el hombre.

Al transcurrir los siglos y al avanzar las civilizaciones, prosigue el maestro, el hombre, al parecer por extensión del mismo motivo, no solo aprendió a cubrir su desnudez física sino también la de su alma.

Aprendió a usar disfraces.

Como estos actores.

Sin embargo, así como zurce el vestido que se le ha rasgado, del mismo modo, cuando el disfraz del alma falla, el hombre lo remienda hasta de las más absurdas de las formas.

Pero cuando ese parche no arregla nada, concluye el maestro, el hombre opta por otro disfraz, como cambiar de vestido, aunque no le calce, porque, sea como fuere, cree que lo más importante es ocultar el alma.

39

De la pareja eterna

En momentos de lucidez extrema, el maestro aguza sus sentidos y percibe a la pareja eterna.

Es el perseguidor, que como necesita de su víctima, lo busca y lo encuentra, porque ambos suelen cruzarse en el camino, como el león y la gacela.

El león huele y reconoce a la gacela así como el perseguidor a su víctima, pero suele ocurrir, como paradoja de la naturaleza, que en vez de huir rápido, como la gacela del león, la víctima se expone ante su perseguidor, le extiende los brazos y le entrega un látigo, un puñal o una pistola, y recién huye, llora por su vida y se lamenta de que el otro lo persiga con un látigo, con un puñal o con una pistola, y así, de ese modo, los dos persisten en sus roles porque uno no puede vivir sin el otro.

Pero el maestro, que ya sabe que uno no

puede vivir sin el otro, elimina a ambos apenas desecha el papel de víctima.

O el de perseguidor.

40

De los dadores

Al fijarse en los dadores, advierte en unos que dan sin esperar nada a cambio, y en otros, que esperan reconocimiento por lo que dan.

La mayor satisfacción del dador, cuando el acto de dar es una virtud, piensa el maestro tras contemplar a los primeros, es sentirse satisfecho por haber facilitado al amigo el bien al momento de dar. Así, el solo acto de dar entonces genera felicidad tanto para el que da como para el que recibe.

Aunque la felicidad para el que recibe suele transformarse en gratitud.

Tal vez, para completar el proceso, la gratitud es una de las formas de retribuir lo recibido, observa el maestro, siempre y cuando esa actitud se origine por el que recibe. Y de entre todas las formas de retribución, la más relevante, concluye, es aquella muestra de felicidad sincera.

¿No es acaso ésa la mejor muestra de gratitud? ¿Habrá algo de mayor retribución para el dador que generar felicidad al amigo por lo que da?

Pero si el hecho de hacer el bien por el bien mismo cambia por el de hacer el bien por un precio, decepcionado dice el maestro al fijarse en los segundos, entonces el dador que pone precio al bien que da, o a la amistad, deja de ser benefactor para convertirse en vendedor, porque si el dador espera algo a cambio de lo que da, como reconocimiento, es como si comercializara el objeto que está dando.

De ese modo, concluye el maestro, si el acto de dar deja de ser una virtud, aquel que espera reconocimiento por lo que da deja de ser virtuoso.

Y, en consecuencia, deja de ser amigo.

41

De la carga

Infatigable, el maestro avanza, pero así como él, otros hombres también lo hacen, aunque no todos caminan con el mismo ritmo ni en la misma dirección ni en el mismo camino.

Y así como para unos la carga se les hace liviana, para otros les queda bastante pesada.

El maestro advierte que los que avanzan lento, porque llevan carga pesada, se lamentan del viaje largo, tedioso y cansado, en tanto que los que avanzan raudo, porque su carga es liviana, enaltecen el camino corto, agradable y ligero.

Y así como también advierte que otros hombres que avanzan en su misma dirección, pero no en el mismo camino, van desechando su carga, como él, también el maestro advierte que otros, que vienen en sentido contrario, las van levantando.

"¿Cómo podrían aligerar la carga si más

que soltar algo de la que llevan están preocupados en levantar la que otros desechan?", pregunta el maestro a aquellos hombres que vienen en sentido contrario

Pero como los hombres que vienen en sentido contrario no comprenden la pregunta, recelosos se aferran a su carga y de inmediato se apartan de él.

42

Del final

El maestro percibe el final del viaje; no porque avista el puerto ni porque llega a la última curva del camino, sino porque el cansancio lo ha vencido.

¡Cuán largo ha sido el viaje!, se maravilla.

Ya sabe que si el final lo sorprende en el mar, soltará las amarras y se desprenderá de las cosas y herramientas que hubo subido a la barca. Y si aquella conclusión inevitable lo sorprende en el camino, soltará la carga que lleva en la maleta, y hasta la maleta misma, porque la ropa desgastada y las otras cosas que lleva consigo ya pesan demasiado. Y así, ligero, sin carga, y sin nada que lo ate, el maestro avanzará inexorable hacia su destino.

Evoca el viaje en el mar, en el río, y en el camino; y a otros hombres y a otras mujeres que se cruzaron, le saludaron, le sonrieron o lo acompañaron.

Y entonces el maestro advierte que durante ese tramo, el del final, no siente tanto cariño ni tanto entusiasmo como lo que sintió con tantas otras vidas que conoció en el mar, en el río, o en el camino.

Parte V

De la curva del camino

43

De observar sin juzgar

Trajinado por el viaje, el buscador, que ya es un discípulo porque ha adelantado, ha visto tantas situaciones y se ha cruzado con tantos hombres que ha perdido la cuenta.

Los ha visto caminar a cada uno en sus caminos pero en sentido contrario, lentos hacia delante, o cabizbajos.

Incluso ha divisado a unos cuantos, o acaso a muchos, caminar sin un camino.

Entonces se compadeció de todos ellos.

Pero por más manos que les hubo extendido y por más abrigos que les hubo ofrecido, para animarlos a trasladarse al camino de él, solo consiguió detenerse, perderse, o desviarse del camino.

Es que, tras contemplarse en el espejo, cada hombre descubre un misterio y percibe un camino.

Uno alentador.

Entonces lo toma.

Así, cada hombre toma su propio camino.

De modo que ahora, como sabe que cada quien camina por su camino, porque cada camino impulsa solo al caminante que lo ha escogido, el discípulo ya no extiende una mano ni ofrece un abrigo, sino que observa sin juzgar ni valorar, como un testigo, a los que se cruzan por su camino, así caminen en sentido contrario, lentos hacia adelante, o cabizbajos.

O que incluso caminen sin un camino.

44

De encaminar

Pero si es más avanzado aun, porque sin detenerse ni perderse ni desviarse de su camino avanza al mismo tiempo por otros senderos, entonces el buscador ya no es un aprendiz ni un discípulo, sino un maestro.

Cuando se cruza con otros hombres que viajan por sus caminos, pero en sentido contrario, lentos hacia adelante, o cabizbajos, el maestro los acompaña sin dejar su camino, les extiende una mano y les ofrece un abrigo.

Pero no los anima a trasladarse a su camino sino que los alienta a continuar por el de ellos, hacia adelante, o más rápido, y los deja apenas distingue un destello en sus ojos.

No los desvía de sus caminos.

Los encamina.

Porque al reconocer y comprender no se resiste a los avatares ni a las vicisitudes, sino que se confunde con ellos.

Por la empatía que irradia.

De modo que cuando los hombres perciben más nítido el impulso que reciben de sus caminos, se les enciende una llama en el pecho.

Claridad. Luz. Verdad.

Entonces levantan la mirada y le sonríen.

Suficiente para el maestro.

Incluso ni eso.

Solo con ver que cada hombre avanza por su camino con un destello en los ojos.

Y a los hombres que van sin un camino, el maestro les lleva un espejo, les enseña a contemplarse, a encontrar un camino y a descubrir un misterio.

45

Del héroe

Recuerden que a lo largo del viaje, dice el abuelo, el hombre huele el peligro. Es el ataque del villano que viene a poner en riesgo la continuidad de la vida regida por la armonía.

Entonces el hombre posterga su viaje, toma las armas, surge como héroe y lucha contra el villano a quien doblega y vence, y así, vencido el villano y enterrado el peligro, la armonía vuelve a reinar; y con ella, la vida regida por su reinado. Y el hombre, tranquilo, satisfecho, y fortalecido, regresa al mar, al río, o a su camino.

Si el héroe defiende la vida porque la ama, el villano la arrebata porque quiere poseerla. Desde esa perspectiva, el héroe aparece como constructor, en tanto el villano como destructor porque sirve a la muerte y no a la vida.

Vencido el villano, el héroe ya no tendría razón de existir porque ya no habría a quien ni de quien salvar. Pero de no regresar, y de persistir, porque puede deslumbrarlo el momento dulce del triunfo, es probable que el héroe se convierta en villano, pero más que por el deslumbramiento, porque cree imposible que pueda surgir otro hombre como él.

Pero de no regresar, y de convertirse en villano, entonces otro hombre pospondrá su viaje y dejará el mar, el río, o su camino.

46

Del viaje

El viaje —dice el abuelo antes de terminar la noche—, es una aventura, es como ir de pesca, o de caza, o como leer un libro, o como escribir una carta.

Es empezar y terminar.

Es soñar y despertar.

Es ir y regresar.

Es ir más allá de la curva del camino.

Es cambiar.

El abuelo cierra los ojos un instante y le llega a la memoria los recuerdos de emociones encontradas, la de partir y volver. Si no hubiera ido de caza tal vez nunca lo hubiera entendido, pero el abuelo sabe que todo viaje es de ida y vuelta.

Y empieza en el instante justo cuando se liberen, exhorta a los pequeños.

Cuando dejen el ancla.

No antes.

De modo que aliviados, sin el peso del ancla, sentirán el impulso de partir, cuanto antes, y luego de alcanzar sus destinos, aunque no hayan mirado atrás, con la misma fuerza sentirán el anhelo de volver, con prontitud, como Ulises a Ítaca, porque todo aquel que parte, vuelve; tal como el que nace, muere; y si la caza fuera buena, traerán la presa en la mano, bajo el brazo o sobre el hombro.

Pero si no volvieran será porque se habrán perdido en el camino, o porque la presa los habrá atrapado.

47

Del mejor de los viajes

Aunque para algunos, dice el abuelo antes de terminar, para los más avanzados, el mejor de los viajes es aquel que sin partir el hombre ya ha regresado con experiencias nuevas que contar.

El mejor de los viajes es aquel que sin cruzar el río ya ha llegado a la otra orilla, se ha encontrado con otros hombres y ha conocido otras vidas.

Es aquel que sin escalar ha tocado la cima del nevado, ha jugado con la nieve y hasta se ha quemado las mejillas con la brisa helada.

El mejor de los viajes es aquel que sin entrar a una fiesta, el hombre ha bailado hasta el cansancio.

Es aquel que sin llegar, el hombre ha percibido las maravillas todas que le ofrece el universo, la naturaleza y la vida misma.

Porque para emprender el mejor de los

viajes no se necesita ir al mar para zambullirse, al río para cruzarlo, o al camino para caminar.

El mejor de los viajes se suscita cuando traemos al mar, al río, o al camino.

Sin embargo, el hombre no dejará de partir, ni renunciará al mar, ni al río, ni a su camino.

Y sin capacidad de asombro, errante continuará por el mundo.

48

De la despedida

Apenas el abuelo deja de hablar, algunos de los pequeños se levantan como impulsados por un resorte y se retiran sin despedirse, pero otros, que se mantienen sentados, o de rodillas, continúan contemplándolo absortos, como yo, ante lo que acabábamos de escuchar.

La fogata se extingue.

Sí —piensa el abuelo—, tal vez a tres, a cinco, o a siete, o tal vez a más de la mitad, se les vaya toda una vida en aprender de aquello que he contado, o tal vez no, pero de hecho que éstos, los que se han quedado, porque han vislumbrado, aunque incipiente, una luz más allá de lo que sus ojos han visto, o sus oídos escuchado, van a ganar lo que los otros tienden a perder.

Con sus manos el abuelo arroja tierra a la fogata y algunas cenizas vuelan con el viento, abraza a los pequeños, a los que nos quedamos, a uno por uno, y se despide de todos nosotros.

Como si el cansancio lo hubiera vencido.

Yo, absorto aun, voy atento tras sus pasos. Y de sus palabras.

Entonces, a mitad de la noche, evoca con nostalgia el cariño y el entusiasmo que sintiera con tantas otras vidas que conociera en el mar, en el río, y en el camino.

49

Del destino del hombre

Pero si bien descansaba sobre el lecho, el abuelo no nos abandonó esa noche.

Recuperaba energías.

—Puedo continuar —me dijo.

Es que el hombre, razonó el abuelo, como manifestación del Creador, tal vez sin advertirlo, prepara el viaje desde su nacimiento y avanza hacia su retorno, de modo que la vida termina con la muerte.

No antes.

Y aunque no faltará una curva que lo desaliente.

Habrá otra que lo reconforte.

Y debido a las vicisitudes que vive, casi al final, me explicó el abuelo, el hombre aprende a diferenciar entre lo que da y lo que tiene, entre lo que pide y lo que necesita, entre lo que acepta y lo que desea, entre lo que logra y lo que quiere.

Y entre lo que hace y lo que ha dejado de hacer.

De modo que, tras recordar a los pequeños, el abuelo soñaba con otro mañana, nuevo, diferente, renovado… Y así, dando vueltas en la cama, esperó con ansias la llegada del día siguiente.

Aunque ya se encontraba preparado para morir.

De esta manera lo dejé sobre su lecho.

Descansando solo.

50

De la curva del camino

Si sigues el camino, más allá de mi casa, vas a encontrar una curva.

No son autos ni camiones los que pasan por ahí.

Son los hijos del pueblo. Unos van por la mañana y otros regresan por la noche.

Los puedo ver desde la ventana de mi casa.

Levantan el polvo al llegar a la curva del camino.

Una mañana, muy temprano, hace muchos años, escuché a una madre despedir al hijo: "No olvides que más allá hay más de lo que hay antes de la curva del camino"; por la tarde escuché a otra decir: "Si mi hijo no ha regresado aún es porque más allá hay más de lo que hay antes de la curva del camino". Y por la noche, tras recibirlo, escuché a otra madre preguntar al hijo: "¿Que más allá no hay más de lo que hay antes de la curva del camino?".

Como no sabía lo que había más allá de la curva, aunque recordaba que durante una noche de luna de cuarto creciente el abuelo nos habló acerca de nuestro viaje, esperaba partir un día para saber si más allá había más de lo que había antes de la curva del camino.

Y partí.

Y al regresar una noche, tras un viaje largo, bastante largo, mi madre, anciana ya, preguntó al recibirme: "¿Es que más allá no hay más de lo que hay antes de la curva del camino?".

Entonces yo, que en una época no sabía lo que había más allá de la curva, respondí que no, aunque debí responder que más allá no hay más, ni menos, de lo que hay antes de la curva del camino.

Sin embargo, tras contemplar sus ojos brillosos, descubrí que más allá no hay lo que hay antes de la curva del camino.

Y enseguida la abracé fuerte.

Muy fuerte.

Y aunque morí en ese instante.

Volví a nacer.